사랑이 스미다

안선희 제3시집

시음사
시사랑음악사랑

시인의 말

시인을 업으로 삼을
용기가 몽당연필만 합니다.
생활의 이끼 끼고
성격 둥글어지면
날 섰던 언어도 뭉툭해집니다.

백지 위에 한숨 토하며
생활의 흔적 문질러 봐도
일상의 도랑 첨벙거렸던 발
예술의 길에 서지 못하였습니다.

세상에 둘도 없는 날것
하나뿐인 나의 것
상처받기를 겁내지 않는
젊은 심장으로 살고 싶습니다.

2018년 2월에 안선희 시인

♣ 목차

♣ 목차

♣ 목차

테두리

안된다는
양심의 테두리

이러쿵저러쿵
편견의 테두리

판에 박은
사회의 테두리

테두리 그리다가
잃어버린 자아

너에게로 피는 꽃

아무도 물 주지 않아도
저절로 마음 밭에 피어나
청정한 빛깔로
사랑의 향기 피워 올리는 꽃

너른 세상 모퉁이에
오롯이 피어나
투명한 마음결로
소망의 향기 피워 올리는 꽃

새해에는

새해에는
물처럼 투명한 정신으로 살게 하소서
핑계 대거나 미루지 않고
하루에 주어진 사명 감당하게 하소서

새해에는
까마득히 어린 시절 귓가에 속삭이신
아름다운 꿈 누리를 상기하게 하소서
저의 하찮은 재능이라도
이 시대 위해 사용하게 하소서

새해에는
진실한 사람 만나게 하소서
교묘한 속임으로 대하지 않고
타인의 잘됨 시기하지 않고
서로 축복하는
맑은 영혼의 사람 만나게 하소서

새해에는
사랑하게 하소서
인간적인 불완전함에 실망하고
가끔은 절망할지라도
저에게 허락하신 이를
한결같이 사랑하게 하소서

새해에는
낙심하지 않는 단단한 정신과
누구도 상처 주지 않는
사려 깊음으로 살게 하소서
그리하여
날마다 감사의 기도가
저의 입술에 머물게 하소서

귀뚜라미

숲속 나뒹구는 잎새
찬란한 녹음에서 떨어진
생의 파편 애도하려고
풀숲에 숨어
울부짖는 귀뚜라미

다가서면 멀어지고
멀어지면 시작되는 울음
귀뚜라미 찾아
가을밤을 헤매입니다

귀뚜라미 숨기려고
숲은 자꾸만
붉게 물들어 갑니다

당신이라면

나의 마음은
모래밭에 날리는 발자취같이
가벼운 인연에 괴로워합니다

나의 마음이
용광로처럼 들끓었다가
밤잠 못 이루고 쓴 일기장은
정죄의 언어로 가득합니다

당신이라면 어찌했을까요

당신이라면
아무것도 탓하지 않고
미운 상대방을 다독였겠지요

원망스러운 상대방을
안아준 품에서
따스한 시 한 줌 꺼냈겠지요

당신이라면 그랬을 겁니다

정든 동네

이사하기 전날
십 년 살아온 동네를
낯선 눈으로 봅니다

구름 흐르는
매봉산 등성이에
달빛 청아하게 빛납니다

새봄의 입김
벚나무 가지 흔들어
살랑살랑 작별의 손짓합니다

섣달

섣달이면 저마다
푸른 하늘빛
덕담을 주고받습니다

그대의 언어와 몸짓
돌아보며 미소 번지고
겨울의 손발 시려도
섣달은 유난히 따스합니다

우리 추억이
꽁꽁 언 겨울의 발을
따사로이 감싸고 있음에

꿈의 궁전

어지러운 하늘가
소나기 쏟아져
숱한 날의 고뇌 씻깁니다

거역하지 못할
운명으로
생을 관통한 뇌성

오래 알았던 사람처럼
마주 보며 미소짓다가
수줍게 다가온 그대

서로 순종하며
흔들림 없는 반석 위에
꿈의 궁전을 짓습니다

제주 꽃

저물녘 오설록 녹차 밭에서
녹차보다 눈길 잡아끈 건
밭 언저리 기다랗게 목 빼고
쳐다보는 개민들레

막내 딸내미처럼 앙증맞은
손톱만 한 제주 꽃이
석양빛 아래서
샛노랗게 웃습니다

녹차 밭 언저리
허리 숙인 내 얼굴에도
해맑은 웃음
노랗게 번져 옵니다

사랑의 기쁨

우리 이렇게 마주하는 순간은
하늘의 천사가 함께하는 시간
천상의 비파 선율 사랑을 노래하네

그대가 내게 어떻게 왔는가
신비한 섭리에 바라보는
순진무구한 눈동자여

우리 함께하는
이 순간이 꿈이라면
영원히 깨어나지 않기를

그대와 나
서로를 축복하며
생의 아름다움 나눌 수 있기를

억새 나부끼는 들판에서
낙엽 지는 가을 공원에서
이별을 멈추는 시간

사랑은 우리 어깨를 감싸고
주님의 은총으로
행복이 가득한 순간

오, 놀라운 사랑의 힘이여!

그대는 어디서 왔는가

그대는 어디서 왔는가
머나먼 나라
뭇별들과 함께
해 뜨고 지는 그곳

상심한 내 가슴에
소망으로 맺혀진 형상

고개 들어 바라보자
아름다운 별 하나
전에는 희미하던 그 빛
이제야 그대 알아보았네

마음은

마음은 변덕쟁이
무엇이나 다 할 수 있다고
큰소리치더니
작은 실수 한 번에
뒷걸음질 칩니다

마음은 소심쟁이
자유를 갈망하면서도
우물 안에 들어가
손바닥으로 해를 가리며
한 뼘 세상에 만족합니다

불신의 강

당신과 나 사이
불신의 강이 흐릅니다
이름을 불러도
재가 되어 흩어집니다

불신의 강에
차가운 바람이 붑니다
무슨 말을 하는지
들리지 않습니다

시작하는 연인

이런 게 사랑이라고
배운 적은 없지만
정성을 다하여
마음을 전합니다

넘치지도
부족하지도 않은
말과 행동

생의 바다에 날아온
조약돌인 줄 알았더니
높은 파도 되어
내 전부를 삼킵니다

번뇌

행복으로 가득한 시간
맘껏 웃지 않고
얼룩진 기억 꺼냅니다

사랑으로 충만한 순간
흐릿하게 타오르는
갈등의 작은 불씨

만나는 순간
이별을 염려하는
나약한 마음 꾸짖습니다

입맞춤

새털처럼 가벼이
갈대처럼 사뿐히

어느새 사라진 온기
머뭇거리다 잡은 손

가슴은 이내 깨달았네
사랑이 시작되었음을

당신은

당신은 나의
감사 제목입니다
헐벗은 나의 땅에
뿌리 내리고
당신 생의 한가운데로
나를 부르는 이여

용기

상처받길 주저한다면
아무것도
이룰 수 없으리

받는 것만 좋아한다면
진실한 사랑
얻지 못하리

소망에 열정 바친 자
미련도
후회도 없으리

어쩌면

내가 팔을 뻗는다면
어쩌면
네가 손을 잡는다면
아마도

나의 허물 감싸준다면
어쩌면
너의 약함 안아준다면
아마도

항상 바라던
풀꽃처럼 청순한 사랑이
항상 꿈꾸던
바위처럼 견고한 사랑이

함께 있음이 설레는 날
그런 사랑이
우리에게 온다면

어느 날 갑자기

어느 날 사소한 말다툼하고
헤어진 뒷모습 마음에 걸려
술 한 잔에 얼굴 빨개질 무렵
슬픈 기별 들었어요
달려가 두 손 꼭 잡았지만
화해할 시간 놓쳐 버렸지요

아무 말 못 하고
내 곁 맴 돌을 적에
먼저 손 내밀어 줄걸
너무 늦었다는 걸
갑자기 찾아온
이별 앞에서 깨달았어요

사랑의 진면목

사랑은 만지는 게 아니라
바라보는 눈동자

사랑은 웃음이 아니라
기쁨의 눈물

사랑은 보람이 아니라
빈손에 담긴 행복

아기코끼리의 눈물

젖을 떼자 굴복을 배운
아기코끼리
무얼 잘못했는지
친구들 손님 태우고
초원을 누비는데
기둥에 묶이어
꼬챙이 자국 선연한 몸
응석받아주는 이 없어
애꿎은 땅만 두드리며
눈물 뚝뚝 흘립니다

알카자쇼

어깨와 발은
남자의 것인데
춤과 노래는
여자보다 요염합니다

뜨거운 박수갈채하고
돌아가는 관객을
무희들이 손짓해 부르지만
웬일인지 망설거립니다

혼신을 불태운
제2의 성(性)은
자아를 찾아 기꺼이
고독 속에 침잠합니다

벽시계 우는 밤

벽시계가
발을 끌고 걷다가
울음 터뜨렸습니다
뒤척이는 나에게
목메게 항변합니다
햇살 밝은 낮에는
순했던 벽시계가
후회스러운 하루에
불면을 선고합니다

밤의 목록

하루 끝자락에서
일기를 쓰며
오늘을 떠올리고
여유로운 날에는
내일의 목록도 작성합니다

어느 날은
곰곰 생각하다가
와인 한 잔에 눈꺼풀 내리고
미완성의 목록은
다음날 숙제로 남겨집니다

우산

당신은 왼쪽
나는 오른쪽
우산을 나눠 쓰고
비를 피해 들어간 식당에서
얼큰한 전골에 소주잔 기울입니다

서로 다른 직장의 고뇌
맞장구를 찰떡처럼 치는 새
모든 화가 슬그머니 풀려
돌아가는 발걸음은
한없이 가벼웠습니다

오늘같이 비 오는 날이면
이제 나의 우산은
맞장구를 찰떡처럼 치던
한 사람의 얼굴을
자꾸만 씻어내립니다

하루 만에

우리는 뇌우 속에서 눈길 피하며
따스한 햇볕 기다렸지요
감정은 시든 꽃잎처럼 메마르고
오랜 시간 낯선 사이로 공존하였어요

아아, 사랑의 힘이란,
하루 만에 모든 것이 변하였습니다
우리의 눈이 허공에서 맴돌다가
비로소 서로를 발견하자
오르골의 춤추는 연인처럼 손을 잡았지요
세상을 다 가진 미소를 머금고서

인생의 바다에 심신을 눕히고

어린이가 실수로 떨어뜨린 팔레트가
젖은 도화지 위에 엎어진 듯이
하늘은 색채의 향연을 벌입니다
빗방울 이내 굵어져
창문 여닫기를 반복하는 새에
하늘과 땅이 운무로 파도칩니다

우리 집은 뇌우가 떨어져도 안전하고
뙤약볕, 혹한, 태풍, 번개, 폭우, 가뭄
끄떡없이 가족을 보호해준 아담한 둥지

작은 번민 파도처럼 밀려왔다가
가족의 위로에 사라지고
날갯짓 힘겨우면
돌아오라 손짓하는 그리운 둥지

행복은 자족하는 자의 것
배불리 먹고 자고
깨어 일어나 부지런히 일하다가
돌아갈 집이 있다면
특별한 명예와 부가 없어도 행복합니다

인생의 바다에 심신을 눕힙니다
운무도, 뇌우도, 색채의 혼돈도 걷히고
평화로운 질서 안에 한 점인 내가 있습니다

장마의 흔적

한바탕 휘몰아치던 장맛비
뙤약볕에 스러지고
목청 찢어져라 울어제끼는 산새,
주차장 난간에 앉은 까마귀,
종종거리는 비둘기,
운동장에 괸 뇌우의 자취,
정오의 태양은 가로수를 태웁니다
밤새 으르렁대던 뇌성과 폭우 꼬리를 접고
초복의 하루가 유리알처럼 반짝입니다

오메기떡

올레 시장의 오메기떡
팥소, 고물, 찹쌀
그 맛 그리워
인터넷으로 주문합니다

오메기떡 입에 넣으면
성게 국수, 망고 주스
제주의 맛
혀끝에 살아납니다

마음은 이미
너울너울 파도치는
해변으로 달려갑니다

긴 가뭄 끝의 빗소리

마른 땅 적시는 장대비에
차 바퀴 긁히는 소리마저
오케스트라 연주 같습니다

빗물 피할 만큼 창문 열고
자동차와 비의 화음
자장가 삼아 잠을 청합니다

가뭄으로 애태우던
대지의 어머니는
비의 세레나데 들으며
거친 도시의 소음
다독다독 재워 줍니다

작은 집의 행복

돌아보면 그때
빛나는 일상이
행복인 줄도 모르고
마냥 부족하다고 으르렁거렸습니다

팔베개와 친지들 떠나고
우리 것이던 풍요를 잃고
현실의 담장에 부딪혀
넘어지고 일어서며 도착한 이곳

변한 것은 나의 마음이었으니
집밥을 먹고
소박한 내 집을 사랑하며
동네를 산책하는 즐거움

부족함은 덮어주고
낙심하면 등 두드리며
자랑스러움만 등불로 밝히면서
아침부터 저녁까지
소소한 행복 가득 찬 일상
침상에서 감사가 절로 나옵니다

나는 당신을 1

나는 당신을 이토록 사랑했던가요
독백이 방언처럼 터져 나왔습니다
당신 앞에서는 하지 않았던
사랑한다는 말

이제야
사랑한다고
끊임없이 속삭입니다

내 곁에서
한없이 귀 기울였을
미안한 당신께

태풍 난마돌

유월부터 일찍이 찾아온 더위로
밤이면 뒤척이다가 자정을 넘깁니다
도로가 손톱 세워 차 바퀴 긁는 굉음
자장가 삼아 억지 새우잠 자다
비몽사몽 간에 아침을 맞습니다

창문 열면 심상치 않은 바람
타이완의 바닷물 하늘로 빨아올려
거세게 일어선 파도 등대를 삼키고
제주 해역 침범하였습니다

태풍은 수줍은 여인처럼 고개 숙이고
저녁 무렵 창문 사이로 가느다란 눈을 뜹니다
창문 열면 붉게 물든 뺨 상기된 채
문턱에 걸터앉습니다
길섶에 노닐던 꽃뱀의 눈을 뜨고
고양이처럼 까치발로 왈츠를 춥니다

소담스럽게 무르익은 계절의 열매
남김없이 대지에 쏟아졌습니다
장대비 내리자
타오르던 갈증 해소하고
농심은 넘쳐흐르는 웅덩이에서
잉어처럼 춤을 춥니다

결혼은 인내의 우듬지

바람 따라 자유로웠던 영혼
함께 손잡고 걷는 길에
편안함은 길지 않고
솔방울과 우박 머리로 맞으며
티격태격하는 날들

앙증맞은 쌍떡잎 둘이서
밤에는 팔베개해주고
아침이면 다시 밤까지
낯선 타인의 삶 살다가
집으로 돌아오면
어제보다 둥글어진 인내

숨바꼭질

그대 자취 찾다가
마침내 닿으면
어느새 숨는 그대

별을 나침반 삼아
나는 다시
두리번거립니다

화해

도시의 밤은 미증유의 빛깔로
우주의 신비 풀어헤치고
세상 얽어매었던 족쇄 벗겨져
땅바닥에 뒹굽니다

서운한 눈빛 교환하던 어제 잊고
침묵을 벗는 대화의 시간
다정한 마음 일으켜 세우는 시간

자정으로 흐르는 창가에
우리 둘이서
화해의 등불을 켭니다

천정의 물방울

천정에 물방울 맺혔다
바닥으로 떨어지고
다시 고이는 물방울

물방울 있는 데를
자세히 보니
아무것도 없습니다

눈에 묻은 티끌이
물방울 잉태하고
고여 있는 상념이
물방울 떨구었습니다

나의 방

이사하면서 방이 줄었습니다
서재를 꼭 갖고 싶었던 나는
침대 대신 접이식 소파를
장롱 대신 책꽂이를
화장대 대신 책상을 들였습니다

소파 펼쳐서 잠든 첫날
노년의 내 모습을 보았습니다
나 같은 범인의 일상과 바꾼
창작의 매력, 창조의 기쁨!

뿌옇게 흐린 유리 닦아
푸르른 창공 들여놓은
꿈꾸는 나의 방은
한편의 동화입니다

라합의 숙명

순진하고
철없는 마음

눈짓에 설레고
손짓에 이끌리다

문 두드리는 소리
강대상 아래서
정신이 번쩍 든 라합

무지에서 비롯된 천함과
고귀한 신분 뒤바뀐 순간

기도하는 시간

나는 하루 다섯 번 기도합니다
세 번의 식사 기도는
모든 가톨릭 신자와 같고
아침에는 평화와 질서를
밤에는 가족의 꿈을 기도합니다

여덟 살부터 변함없이
걸음마 하는 아이처럼
바라고 기대고
달라고 보챕니다

속세의 허울 벗고
십자가 아래 서면
나는 순한
어린 양이 됩니다

농부의 표정

농부 시인이
몇 달째 쨍쨍한
하늘 아래
쓰러졌습니다

성치 않은 몸
다시 선
가문 들판에
비가 내렸습니다

잎사귀 타고
마른 토양
두드리는
단비의 선율

도시 사는 나도
농심 닮은
웃음꽃 피웁니다

소나무 애가

저녁 산책길 수양버들처럼
양팔이 늘어진 소나무
넓게 퍼진 가지들
거칠게 잘려나간 흔적들

잘린 곳은 끈적끈적한
송진을 내뿜어
불친절한 정원사에게
무언의 시위를 합니다

청명한 달빛이
소나무를 변호하려고
우듬지까지
환하게 밝혀줍니다

떠는 강아지

산책하자 말 건네면
목줄 물어오는 홍시
유기견 될까 봐 칩을 몸에 심고,
숫총각의 고환과 성대 제거했지요
뼈를 깎는 슬개골 수술까지 마치자
홍시는 병원만 가도 몸을 떨어요

털 깎으러 동물병원 가는 길
목줄 매지 않았음을 깨닫고
팔딱이기 시작한 심장
엘리베이터 문 열리자
사시나무 되어 버린
이점팔 킬로그램 꼬마 철학자

여름밤의 산책

팔월의 열대야가
지붕을 덮고
더운 입김 불어대면은
저녁별 흐르는
여름 뜨락으로 나갑니다

한 발짝 내디디면
그늘마다 환해지고
달팽이 느릿느릿
길을 지나가면
서늘한 달님 더위 식히는
신비로운 은총의 밤

가족 연대기

새집 분양까지 임시로
단칸방 얻었습니다
십여 년을 자기 방 틀어박혀
혼자의 시간에 몰두했던 가족이
종일토록 한방에 머물렀습니다

개발지구 사방이 공사 중이라
창문 닫고 외출 삼가면서
일곱 평짜리 단칸방은
무인도가 되었습니다

여섯 달 후 새집에 이사하자
제각기 방이 있었지만
자기 방에 틀어박히지 않고
옹기종기 사이좋게 살았습니다

사랑의 허리

나는 사랑의 끝을
보지 못하였습니다
사랑의 끝은 어디일까요
사랑의 허리에는
탐스러운 제철 열매
풍성하게 달려서
아름다운 빛깔에
눈먼 나는
진실한 사랑을
놓쳐 버렸습니다
사랑의 허리께에서

자연의 아름다움

사람은 자연의 일부
정원 없는 우리 집은
나뭇잎 액자를 벽에 겁니다

숲속에서, 호숫가에서,
바닷가 모래사장에서
사람은 자연과 하나 되어
시름을 털어냅니다

계절마다 변하는 나무처럼
우리네 인생도
봄마다 새로워집니다

여름 산

저 멀리 있는 산
잿빛 눈으로
묵묵히 나를 보다가
밤이면 얼굴 감춥니다

해거름에도 그림자는
이곳까지 닿지 못하고
태양이 등 뒤로 사라지면
전조등과 쇼윈도 불빛에 가려져
산은 멀찌감치 물러납니다

뱀의 등처럼
휘어진 오솔길에
여름의 전령 찾아와
들꽃 수놓으면
산은 양복을 차려입은
멋쟁이 신사가 됩니다

지구 뒤덮은 검은 먼지

내가 있는
이곳은
세계의 지붕

서늘한 밤이나
땀방울 맺히는 낮이나
검은 공기
자동차 굉음 몰고
소스라치게 불어옵니다

허파 채우는 숨소리
재채기로 변하여
독을 품은 비명

창을 열 수도
닫을 수도 없는
미묘한 온도

초록 지붕은
하늘 바라보며
탄식을 토해냅니다

비 오는 날의 차도

비 오는 날은
모든 소음 공명합니다
자동차 파열음에
눈살 찌푸렸던
마른 날들

빗물로 반짝이는
도로 위를
썰매처럼 미끄러지는
자동차 바퀴의 마찰음

빗소리 사이로
차들의 경적이
먼 곳의 기적처럼
울려 퍼집니다

단비가 골짜기 적시고

저수지의 물고기
뜨거운 돌바닥에서 헐떡거립니다
골짜기 물소리 끊기고
마른장마 지나는 동안
농부는 일사병에 누웠다가도
논과 밭으로 걸어 나갔습니다

몇 번 있던 비 소식
무산된 일기예보에
우산도 없이
단비를 만났습니다

이대로 밤새 비가 내리기를
농심은 하늘 보며 빌었겠지요
저수지 물고기 살판나서 헤엄치고
골짜기는 밤새워 노래하겠지요

여울목

나를 바라보는
남루한 시간
내 안의 생각 한 방울
바다로 흐르다
말라지면 그뿐
자기를 향한 시선은
좁은 세상에 갇힙니다

타인 바라보는
은총의 시간
메마른 세상에 보내는
인정 한 줌
여울목에서 모여
너른 바다 흘러갑니다

충견 홍시

푸들 홍시에게
나는 세상 전부입니다

무관심하게 있어도
눈을 떼지 못하고
승낙과 거절, 기쁨과 슬픔
내 마음 읽어냅니다

어쩌다 늦어지는 날이면
현관을 떠나지 않고
여행이라도 다녀오면
내 몸에 묻어온 체취
하염없이 들이마십니다

충견의 심오한 사랑은
누가 가르친 것이 아니라
얼굴도 모르는 부모의
위대한 유산입니다

부러진 코

나는 작은 산성입니다
굴 두 개에는
신선한 바람이
산소 실어나르고
밤이면 피리 소리
정적을 깨웁니다

어느 날 열차 사이에서
산성의 꼭대기 부서져
예기치 않은 고통에
새들은 날아가 돌아오지 않고
긴 밤의 정적

산성은 은밀해져서
어느덧 날아든 산새들
굴속에 사는 짐승들
명랑한 별빛 떠올라도
까맣게 정적 드리우고
고요 속에 침잠합니다

부천역의 천사

부천역에서 코가 부러졌습니다
닫히려던 문 나를 위해 열리자
출근길이었으므로 열차에 올랐습니다
주변의 사람들 슬금슬금 물러섰습니다
피는 바닥에 하염없이 떨어져
나는 쭈그려 앉았습니다

한 음성이 들렸습니다
다음 정류장에서 역무원을 찾으세요
천사는 핸드백을 내려놓고
개봉하지 않은 티슈 뜯어서
한 움큼 쥐여 주고 더 많은 티슈로
바닥에 고인 피를 닦았습니다

부천역에서 소사역까지
짤따란 인연
미처 얼굴도 보지 못한 여인은
하늘에서 내려온 천사였을까요

문병

입원했다는 전갈 띄우자
낮에도 밤에도
병문안 옵니다

부은 얼굴 적나라해서
보이고 싶지 않았지만
링거 끌고 일층 카페에서
인사하고 담소합니다

바쁜 세상 거리 두고
병실로 잠적했더니
찾아오는 우정 있어
몸은 아파도 행복합니다

순례자

그가 먼 길을 떠났습니다
배낭 하나 메고 자유로이
그가 떠난 길은 한편
내 인생이 추구했던 길입니다

고적한 세계에서
들꽃처럼 순수하게
여럿속에서
혼자로 사는 숙명은
하늘이 부여한 것임에도
스스로 짊어진 명에입니다

평범한 삶이 최고라면서
빈둥거릴 즈음이면
아무것에도 얽매이지 않았음에도
속박을 선택한 그가
저만치서 앞서고
어느덧 나도 모르게
그의 뒤를 따릅니다

돌에서 피는 꽃

뇌성에 놀랐을까
태양이 눈부셨을까
돌 틈에 뿌리 내리고
작은 얼굴 상기되어
하늘 향해 일어선 꽃

간절한 소원 있어
부서지는 아픔 딛고
풀꽃으로 태어났구나

햇살에 세수하고
빗물에 목욕하며
별빛 아래서
자족의 미소 흘리는
돌 틈 사이 작은 꽃

횡단보도

도시의 헤드라이트
점묘화 그리면
화려한 인공의 빛깔
밤을 점령합니다

저녁이면 자동차들
기쁨의 비명 지르며 귀가하고
이따금 한두 대의 수줍은 차
새벽길 달아납니다

좌측 깜빡이 켠 승용차
오도카니 섰습니다
자정 넘은 호젓한 횡단보도에서
예의 바른 어린이처럼 얌전합니다

인생꽃

찬란한 보화
감미로운 음악
휴양지의 불빛도
한 떨기 풀꽃

해를 향해 피었다가
밤이면 스러지는
인생꽃

영원을 살 것처럼
고운 자태 뽐내며
저마다 노래하는
아름다운 인생꽃

시인

시인은 굳센 의지와
아기 속살처럼
여린 심성을 가집니다

시인은 상처투성이지만
타인의 상처를 껴안습니다
자기 앞가림도 못 하면서
시대의 어려움에 동참하여
세상의 짐 나눠 가집니다

평범한 재능 갈고닦아
옹색한 시 쓰느라
날밤 새우고
종이 훈장 접어 위로합니다

시인은 대답 없는 독자와
태어나고 사라질 인류를
끝없이 사랑하고
어디서나 명랑하지만
유일하게 의지하는 주님 앞에서
남몰래 눈물 씻는 족속입니다

트라우마

재단사의 손길로
싹둑 잘라
우주의 블랙홀 속으로
던져 버리겠습니다

파리한 낯빛의 시간
둘둘 말아
장작 불쏘시개로
밀어 넣겠습니다

날지도 기지도 못하게
내가 사는 세상 밖으로
쫓아내겠습니다

닥터 지바고

모스크바의 작가는
열정적인 청년과
문학을 사모했습니다
청년이 죽자
문학만을 사모했습니다

사랑도 정치라고 읽는
혁명의 소용돌이에서
목숨 다하는 날까지
예술의 자유 수호했습니다

애증을 지르밟으소서
꺾인 펜대 부여잡고
작가의 숨 불어넣은
비련의 파스테르나크여!

분노가 지나갈 때까지

분노가 손톱 부러뜨리고
체면을 망가뜨렸습니다
불같은 성격 고치겠다고
갖은 노력해도 되살아납니다

종착역은 후회뿐
의로운 분노는 고요합니다
작은 분노만이 외칩니다

언어와 행동 멈추고
비루한 그것이 지나갈 때까지
침묵하겠습니다

사랑한다, 사랑하지 않는다

순수한 감성 표현하는
뜨거운 게 사랑일까
냉정한 이성에 가려진
따스한 게 사랑일까

나는 여전히 사랑을 모릅니다
주는 법도, 받는 법도
사랑하는지, 사랑하지 않는지
사랑이 무엇인지 알지 못합니다

나는 당신을2

나는 당신을
사랑한 것이
아닙니다

나는 당신을
그리워한 것이
아닙니다

나는 당신을
잊지 못한 것이
아닙니다

다시 여름비

가을, 겨울,
봄을 돌아
다시 여름비

창문 닫고
소매 없는 티 위에
셔츠를 걸칩니다

어두워진 하늘 아래
빨강 불 켠
차들이 줄을 섭니다

여름비는
저벅저벅 다가와
가로수를 쓰다듬습니다

미세먼지

봄날 달님은
시야가 흐릿합니다
가을날 꽃송이는
재채기합니다

돌, 조각, 나무, 풀잎
웃으며 뛰노는 아이
모두에게 내려앉는
미세한 독소
숨결조차 조심스럽습니다

꽃비에 취한 산책길에서
향기보다 발 빠른 미세먼지가
목덜미 간질이며
얄밉상스레 다가옵니다

대련 유람선

초등학생 큰애와
걸음마 배우는 막내와
대련 유람선에 올랐습니다
공중에 떠 있는 침대에서
웃음꽃다발 엮다가
달빛 아래 갑판을 쏘다닙니다

민소매 원피스 차림으로
자유롭게 떠난 여행길
낯선 타인의 틈바구니에서
가족은 하나가 됩니다

분노

불의한 상사에게
충성했던 기억은
세월 흐른 뒤
분노로 살아났습니다

거절할 수 있었는데
순종하고 허락한
나에게도 분노합니다

노인이 된 상사에게
따져 물으면
잊었노라 대답하겠지요

분노 고인 땅에서
썩은 떡잎 피었다면
그만 용서합시다

장미 대선

잔인한 사월은
열망의 사월 되어
참여와 외면을
되풀이합니다

주민센터 가다가
민들레 홀씨를 만났습니다
씨앗마다 군락 이루는
수백의 홀씨가
보금자리 찾아 표류합니다

어디로 가는 길인지
알 수 없지만
민들레 홀씨와 나는
행복을 찾아 떠나갑니다

기도하면

깜깜한 어둠 속에서
기도하면
빛이 보입니다

말하지 않아도
주님은
마음의 소리 들으십니다

어디로 향할지
갈 길 모를 적에
기도하면
주님 인도하십니다

당신처럼

당신을 생각하면
하룻길 걷는 내 발
사슴처럼 가볍습니다

당신처럼 나도
외로운
순례자입니다

당신처럼 나도
주님께
기도합니다

운명처럼
하나의
하늘 아래서

겨울의 순종

하얀 겨울이
절기에 순종하여
날숨을 참습니다

순종의 미덕으로
마른 가지
새순 돋고
뜨락의 잿빛
초록을 입습니다

만남과 이별

우리가 만날 적에
헤어질 예감인들 했으랴마는
예상치 못한 이별 자리에서
너에게 다가서지 않았던
나의 모습 서글프다

반말과 존댓말로
웃음과 곁눈질로
벗처럼 타인처럼
맴돌던 거리낌

이제 떠나면
누가 먼저 만남을 제의하랴
생각나면 미소나 지으리
소식 들리면 안부나 물으리

가벼운 눈웃음
누구나 나누던 포옹
아는 체 모르는 체
스치던 만남
시간 속에 아련해지리라

눈길에서

인적 없는
전나무숲에
하얀 융단 깔았습니다

발자국
찍을 때마다
추억이 속살거립니다

그대를 기억합니다

헌화

추석에 달았던 보랏빛 꽃 내리고
설날에는 노란 꽃을 답니다
헌 화환 태우러 가던 길
샛노란 체납 딱지 붙은
이름 하나가 구슬픕니다
누군가의 할아버지거나 아버지거나
남편이거나 아들이었던 이름자에
보랏빛 화환 바치노라니
망자의 사무치는 정이
손끝에서 흐느낍니다

거리

당신과 나 사이에
어찌할 길 없는
거리가 존재합니다

당신이 북이면
나는 남이고
당신이 오면
나는 가고

당신이 멀어지면
나는 따라가고
당신이 다가오면
나는 또 일어섭니다

웃던 아이

입속에 화장지 가득 물고
언제나 웃던 아이
목요일마다 컵라면 같이 먹으면
입에 넣었던 면발 자꾸 떨어져
떨어뜨린 걸 다시 입에 넣느라
한 끼 식사가 버거웠던 아이

입속 화장지 밀어 넣으며
해맑은 눈으로 웃던 아이
뇌성마비 낫게 해달라고
어머니와 기도원 가서
보름 만에 뛰어내려
영영 돌아오지 않은 아이
입안 가득 고였던
스물한 살이 외로웠던 아이

육체와 정신

육체는 정신의 이행자
생각의 실천자
육체는
정신을 북돋우는
최고의 동반자

정신은 육체의 조언자
습관의 교정자
정신은
방향을 제시하는
육체의 나침반

하루 치의 행복

타인과 만나는 시간
허세를 부리면
내면은 공허할 뿐

둘이었다 홀로 되고
혼자였다가
여럿이 함께 일하며
차분하고 성실하게
하룻길 살아갑니다

분수에 맞게
하루의 짐 부리면
집으로 가는 길
콧노래 나옵니다

세월

한 상에서 먹고
여행을 다녀오고
투정하고 화해하며
세월을 엮었습니다

인생도 우정도
함께한 시간만큼
여물어 갑니다

한 발짝

그 자리에 멈춰
가만있어 봐
조금만 더 악착같이 해봐

성공을 목전에 두고
돌아서지는 마

아픔은 무조건 피하고
골치 아픈 생각 안 하고
얕고 쉽게 하다가
진실은 마모되었어

조금만 더 깊게
인내의 바다 짚고
한 발짝만 더 가봐

길을 묻는 맹인

1.

이보시오
역에는 사람도 많은데
하필이면 또 나란 사람
요리조리 피하려다
딱 걸렸구려

사람 많은 길목에서
하필 눈 뜬 길치인 내게
말을 거는 그대여

2.

스무 살의 가을날처럼
맹인이 지팡이를 휘두르며
저만치서 다가옵니다

귀찮아하면서도
어쩌다 착해지는
내 마음 보이는 듯
맹인은 나를 쳐다보며
길을 묻습니다

원숭이와 변견

어제의 원숭이가
오늘의 봉황 되고
어제의 변견이
오늘의 셰퍼드 되었으니

인생은 생긴 대로
사는 게 아니라
사는 대로 되는 것

대화

그대와 둘이서
이야기를 나눕니다
오랜 시간 흘렀는데
어제인 듯 정답게

시간의 골짜기 넘어
슬픔과 상처도 없이
세월이 가져다준
평화를 안고서

거울

언제부턴가
거울 보는 횟수가
줄었습니다

예쁨을 위한
자리였는데
생활을 위한
거울 앞자리

거울은 이제
나를 보지 않고
타인을 비춥니다

나의 문학은

문학은 나의 인생
슬픔의 치료자
끊이지 않는 샘물
나의 문학은
만찬보다 귀합니다

문학은 나의 위로
동심 같은 사랑
신앙의 요새
나의 문학은
금강석보다 귀합니다

국화꽃 같은 어머니

국화를 보면
소박한 여인이 생각납니다
비싼 옷 한 벌 대신
뜨거운 교육열로
여섯 자녀 키워내신
강단 있는 내 어머니

국화를 보면
지조 있는 여인이 생각납니다
보석과 멋, 화려한 자태
하나 없어도
정직해라, 남 앞에서 울지 마라
꿋꿋한 인생 가르치신
스승이신 내 어머니

카네이션

카네이션은
부모의 사랑 빛
어버이날이면
종이꽃 가슴에 달고
출근하셨던 아버지
반세기를 산 딸이
아버지 영정에
나와 후손의 존경 모아
붉은 카네이션 달아드립니다

먼동이 틀 무렵

먼동이 트면
아련한 향수처럼
세상이 깨어납니다

인적 없는 길목에
새벽바람 맞으며
구부정한 사내가 걸어갑니다
어쩐지 내 아버지 같습니다

그늘

사람의 그늘은
어둠 헤쳐온
흔적입니다

어둠 속에
폭풍 불고
달과 별 뜨고
눈물 꽃 핍니다

그늘 헤치고
빛으로 나오면
타인이 보입니다

꽃 잔디

아름드리 거목보다
섬세한 넝쿨 가진
당신이 좋았어요
태양이 눈 부신 날엔
당신 그늘에 숨었지요

정답게 뺨 맞대고
사랑의 단꿈 꾸다가
당신도 기대고 싶은
왜소한 존재임을 깨달았지요

난쟁이 잡초에 불과한
내 몸 초라해서
땅에 엎드려
한없이 울던 날이었지요

반세기

무쇠도 녹슬
일만팔천 날

따스한 체온으로
생명을 보듬었습니다

반세기를 산다는 건
쇠별꽃의 대화를
가슴으로 듣는 일

그리운 당신

바라보아도 그리운 사람
함께 있어도 보고픈 사람
아침 해와 함께 나갔다가
저녁이면 돌아와 눕네

푸르른 꽃밭 거닐면
어느결에 다가와
손을 잡는 그대

레터링

마음의 소원을
벽에 써 붙였습니다
글자를 보면서
생각이 단단해졌습니다

약점과 단점을
팔뚝에 새겼습니다
글자를 보면서
행동이 단단해졌습니다

원점

난 항상 생각합니다
원점으로 돌아가자
비록 실수했지만
다시 시작하자
마치 아무 일도 없었던 것처럼
원점을 행해 걸어갑니다

뒤도 돌아보지 않고
타박타박 가보니
함께 있어야 할 이가
보이지 않습니다
결국 나만 홀로
원점에 서 있습니다

호감

한 사람을 알려면
얼마나 시간이 걸릴까요

우리가 알아온 세월
항상 좋아해 준 당신이
나를 몰라서라고 생각했지요

내가 좋아하는 건
당신의 얼굴, 성격, 취미
그래도 당신을 잘 모릅니다

당신을 알려면
얼마나 시간이 걸릴까요

입춘 지나 함박눈 내리고

겨울이 자꾸 뒤돌아보며
선뜻 발걸음 떼지 못하자
시인이 눈짓으로 재촉합니다

세상의 시계가 멈춘 듯
입춘 지나 함박눈 내리자
벌거숭이 나무의 어깨
하늘로 치켜들어
새순의 자리 마련합니다

하얀 밍크 담요 덮은
땅속에서는
봄이 오는 길목 단장하려고
부지런히 새싹을 깨웁니다

부모의 도리

공원 한 바퀴 돌지 못하던
허약한 딸들이
언제부턴가 저만치
앞장서서 걷습니다
엄마는 웃음이 나옵니다

나도 여전히
세상살이 고달프지만
딸들이 홀로 서도록
요것조것 가르칩니다
부모로서 남길 재산
이것뿐이니

둥지

커다란 나무 우듬지로
산새들 날아듭니다
넓은 창공 다
제집이라는 듯이

돌아갈 집 있다는
안도감으로 충만해서
사람들 귀가해서
잠드는 시간

둥지의 새들도
널따란 창공 지붕 삼아
단잠을 청합니다

도로

멀리 달음질쳐 와서
자유의 땅인 줄 알았는데
긴 세월 흘러
강해졌다고 믿었는데
언제나 제자리

누가 데려왔을까
어린 내가
타인 앞에서
내 앞에서
꾸벅꾸벅 졸고 있다

뒤도 돌아보지 않고
정상을 향해 오르다가
우쭐해서 돌아보면
또 그 자리

봄비

잿빛 들에
초록이 물들어
밤새 뒤척이다
새벽녘 잠들었습니다
어스름한 창밖에
비가 내립니다
벌써 여덟 시 십 분 전
머리 질끈 묶고
정문 들어서니
잎새 하나 없는 목련에
솜 배자 입은
아기 봉오리들
봄이 왔다고 옹알옹알

반항아

네가 원했던 건
봄볕 같은 관심
흘겨서라도
바라봐주는 눈길

너의 욕설과 고함은
세상을 향한
뜨거운 구애

너의 눈에
먹구름 걷히고
불끈 쥔 주먹 펴고
내 앞에서
순해지던 날

까맣게 탄
가슴에
연분홍 새살
움터 나왔다

교동도에서

제비도 둥지 트는
평화로운 교동도에
바람의 숨결 멈추면
숱한 왕족 일어나
대교를 행진합니다

유배의 서러운 세월은
대룡 시장 골목에
켜켜이 쌓이는데

망향대 철책선 너머
짝 잃은 두루미
실향의 설움 안고
갯벌을 헤맵니다

병마와 싸우는 친구에게

우리 중에
가장 연약한 너에게
발소리 죽이며 다가온
병마와 싸우느라
너는 야위어갔다

새 모이 쪼듯 먹느라
앙상해진 등에
오늘의 무게 이고
너는 종이 인형처럼 걷는구나

작은 입술 벌어지면
비뚤어진 치열이
개구쟁이처럼 귀여워

눈꼬리 처진 웃음으로
세상을 향해 보내는
너의 착한 얼굴이
병마를 쫓아내는
강력한 무기 되기를!

양육

정원사가 나무 밑동에 옷 입히고
뿌리에 영양제 먹이고
쓰러진 줄기 엮어 일으키듯
부모는 자녀를 양육합니다

옷이 영혼을 빛내지 못하고
밥과 집이 고독을 치유하지 못할지라도
그 나머지는 주님 손에 의탁하고
성실한 부모는 단잠을 청합니다

초승달

초저녁 겨울 하늘에
눈썹처럼 날씬한
밤 배가 갑니다

보름달이
성숙한 여인이라면
초승달은
수줍은 소녀입니다

먼동이 틀 때 왔다가
어둠 깊어지면
항해를 떠나는
아련한 첫사랑 같습니다

四代

열세 식구 살았던 어린 시절에는
혼자 있을 어딘가가 그리웠습니다
방학이면 낮과 밤 거꾸로 살아
동굴 같은 고독을 즐겼습니다

안방에서는 어린 생명이
이 년마다 태어나 성장했고
건넌방에서는 죽음의 확신에 매어
현실의 끈 붙잡은 세대가 살았습니다

병상에서 단말마의 외침 뒤
할머니가 돌아가셨습니다
有였던 영혼 無가 되는 장면을
우리 가족은 울부짖지 않고 견디다가
차분히 일상으로 돌아갔습니다

두려움과 동요 속에서도
봉숭아 빛 웃음은 메아리쳤고
자손을 세상에 내어준 성체는
눈물과 미소를 머금고
무덤을 향해 의연하게 걸어갔습니다

비공개

공개는 누군가에게
사랑받고픈 심사요
일촌 공개는 타인을 향한
일말의 신뢰요
비공개는 내 영역에 대한
보호입니다

오늘이라는 시간에
또 다른 사진 한 장
공개로 할지
비공개로 할지
타인의 영역에
물음표를 던집니다

노력

잡으려면 멀어지고
외면하면 다가오는
어휘나 감성도
후천적인 노력뿐이라면
모조품입니다

나는 시골 아이가 부러웠습니다
풍부한 사투리와 정서
타고난 언어의 숫자가
흉내 내지 못할 것 같았습니다

밤하늘 별 우수수 떨어지는
산골 집에 놀러 갔던 어린 시절
벽에는 쌀벌레 기어 다니고
쥐 울음과 뜀박질에 잠 설치고
발 담근 개울물에 양치질했지만
이곳에서 태어난 사람은
모든 면에서 나보다 훨씬 앞선
출발점에 있음을 깨달았습니다

나처럼 네모난 도시의 사람은
동물원을 찾아가 원숭이와 공작을
열심히 흉내 내는 것에서
시작해야 한다는 사실도

인사성

나는 예의 바르면서도 인사성이 없습니다
인사는 언어와 행동으로 표현됩니다
더러는 선물을 주고받습니다

어릴 적에 곧잘 듣던 예의 바르다는 칭찬이
자라서는 거리감 두는 습관으로 변했습니다
가까이서 호칭을 불러야 친밀해지는데
나에게 어른과 상사는
도무지 가까워지질 않습니다

인사성이 없음은 수줍음 탓이라는 걸
대개의 사람은 눈치채지 못합니다
말하고 행동하고 꺼내지 않은 진실은
처음부터 세상에 없던 것이 됩니다

향기로운 인연

혼자는 살 수 없는 인생
이리 얽히고 저리 설킨 인연
웃음과 행복 주지만
근심의 뿌리도 내립니다

섣불리 정 주었다가
가슴 치게 되면
한동안 대문을 잠급니다

동행길 행복해서
미소 머금는 사람은
인생을 향기롭게 합니다

비행기에서

비행기가 갸우뚱하며
구름 속에서 균형 잡는 순간
섬광처럼 당신이 떠올랐어요
당신은 대지에 발을 딛고
내 머리는 하늘에 닿아 있어요

우리가 처음 만난 후로
당신은 발전하는 모습만을 보였지요
나도 당신을 열심히 뒤따르며
탈피하고 있다는 걸
부디 눈치채 주었으면 해요

당신을 새털처럼 보내려던 순간
내 안에서 거센 아우성이 들려왔어요
운명처럼 간절한 무언가가
당신을 내 안에 머물게 했어요

창대한 바다가 우리를 먼 곳으로 떠미는군요
드넓은 세상에서 우리는 작디작은 피조물
당신은 내게 기적입니다

구름 흐르는 하늘로
당신이 옵니다
어느새 내 인생의 소중한 사람
당신이 있어 행복합니다

법칙

사랑의 법칙은 신기합니다
그저 인상이 좋아
자꾸 웃어줬더니
허락도 없이
마음에 들어옵니다

인연의 법칙은 신기합니다
그저 사람이 좋아
자꾸 생각했는데
어느 날 안 보이니
하루가 텅 빈 듯합니다

성자 예수 오신 밤

하늘 황제 아드님이
목수의 가족 되어
마구간에서 나셨네
벽난로 장작불도 없이
초라한 구유에서
성자가 나셨네

예수님 오신 밤은
말들도 순종하여
고개 숙이고
동방 박사처럼
내 인생도
별이 이끄는 대로
여행을 시작하였네

평화의 왕
사랑의 왕
권세를 가졌으되
낮은 곳으로 임하신
주님의 어린 양

할렐루야, 찬양하리로다
천지의 만물 숨죽이고
온 누리는 경외감으로 가득 찼으니
하늘의 황태자가
내 인생의 등불 되셨음이라

대전행 KTX에서

퇴근을 세 시간 앞당겨
경부선 열차에 몸을 실었습니다
타임머신 타고 한두 달 미래에 온 듯
충청권 접어들자 설경이 시리게 흽니다
호숫가 눈 덮인 나무가 성탄 나무 같습니다
뜨거운 원두커피 홀짝이며
설국열차 타고 남극을 일주하듯 황홀경입니다
동짓달 햇살이 노곤하게 풀어져
오후의 피로를 여유롭게 씻깁니다

천안아산역에서 일가족이 올라탑니다
계집아이 투정에 바스락거리며
할머니가 과자 봉지 꺼냅니다
몇 마디 참견하다 이내 눈을 감는 아버지
울음 터뜨리는 갓난아이
포대기에 둘러업은 젊은 엄마
단란한 가족 태운 열차는
어느덧 근육질의 야생마 되어
도심의 빌딩 숲을 거침없이 질주합니다
햇살이 몸을 숙여 길게 누울 즈음
잠시 후 대전역에 도착한다는 안내 방송 흐릅니다

도서관은 내게

학창시절 새벽이면
정독도서관이나 종로도서관에서
긴 행렬 이루고
정문 열리길 기다렸습니다

어머니께 꾸지람 듣거나
까닭 없이 우울한 날에도
내 발길은 도서관으로 향했습니다

어른이 되고도 도서관에 갑니다
딸애의 시험 기간에도
시를 퇴고할 적에도
도서관 식당의 밥 먹으며
폐관까지 열람실에 머뭅니다

학창 시절부터 오늘날까지
도서관은 근심을 치유하고
마음의 평화 가져다줍니다
도서관은 세속의 성역이요
서울 촌부의 고향이 되어줍니다

사랑이 스미다

안선희 제 3시집

초판 1쇄 : 2018년 4월 3일

지 은 이 : 안선희

펴 낸 이 : 김락호

디자인 편집 : 이은희

표지 디자인 : 안혜진

기 획 : 시사랑음악사랑

인 쇄 : 청룡

연 락 처 : 1899-1341

홈페이지 주소 : www.poemmusic.net

E-Mail : poemarts@hanmail.net

정가 : 10,000원

ISBN : 979-11-6284-006-1